LUIS ROYO
II
CONCEPTIONS

LUIS ROYO

II

CONCEPTIONS

CONCEPTIONS II, by Luis Royo
First edition: november 2003

Fluvià, 89. 08019 Barcelona
Tel.: (34) 93 303 68 20 – Fax: (34) 93 303 68 31
E-mail: norma@normaeditorial.com
Portuguese translation and correction: José Garrido and Pedro Silva
French translation: Bárbara Roig.
German translation: Sybille Schellheimer
ISBN 84-8431-868-0. D.L: B-39386-2003
Printed in the EU

www.NormaEditorial.com
www.luisroyo.com

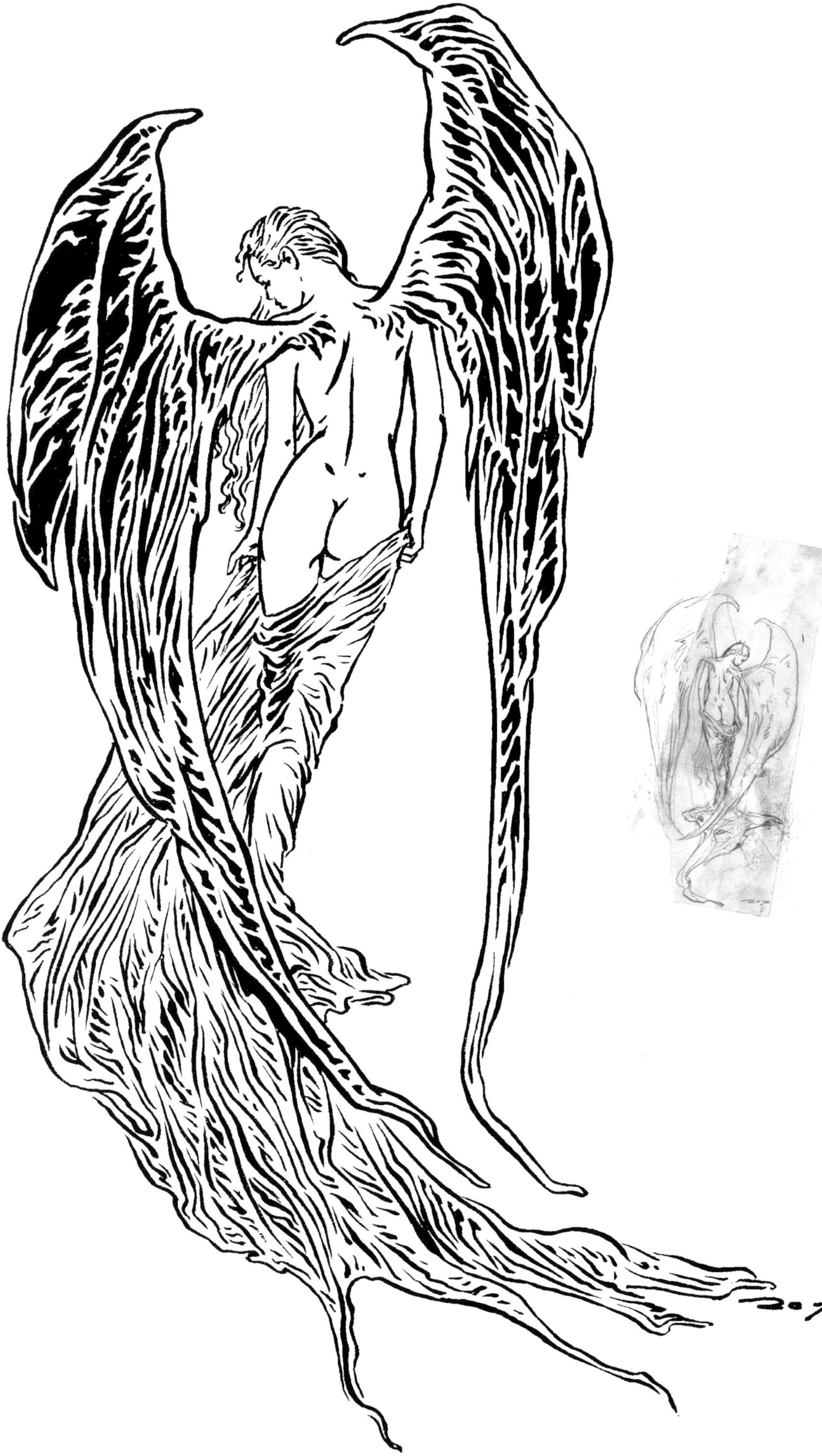

LUIS ROYO
II
CONCEPTIONS

Casi todos estos tipos de trabajos van acompañados por el caos, tanto de papeles como de ideas, y esto también ha sucedido en esta segunda parte de "Conceptions". Por eso los resultados son inesperados y tienen como fruto dibujos con diferentes momentos de acabado, desde los de encargo hasta los que son meros divertimentos personales que salen a la luz casi por casualidad. "Conceptions II" es, en resumen, una ojeada indiscreta a la cocina, antes de emprender el camino de realización y acabado de la obra.

Quase todos estes tipos de trabalhos são acompanhados pelo caos, tanto ao nível dos papéis como das ideias, e isso aconteceu também nesta segunda parte de "Conceptions". Por esso razão, os resultados são inesperados e têm como fruto desenhos em diferentes fases de acabamento, desde os encomendados até aos que são meros divertimentos pessoais, nascidos quase por casualidade. Conceptions II é, em resumo, um olhar indiscreto à fase de preparação, antes de se empreender o caminho da realização e conclusão da obra.

Presque tous ces travaux sont accompagnés du chaos, autant de papiers que d'idées, et cela arrive une nouvelle fois dans cette seconde partie de "Conceptions". Les résultats sont donc inespérés et ont pour fruit des dessins comportant différents stades d'achèvement, depuis les oeuvres de commande à des divertissements personnels qui voient le jour quasi par hasard.. Conceptions II représente, en résumé, un coup d'oeil indiscret dans la cuisine, avant de s'aventurer sur le chemin de la réalisation et de l'achèvement de l'oeuvre.

Fast alle diese Arten von Arbeiten werden vom Chaos begleitet, sowohl die Arbeiten auf dem Papier, als auch die Ideen, und so ist es auch bei diesem zweiten Teil von „Conceptions". Deshalb sind die Ergebnisse unerwartet und aus ihnen entstehen Zeichnungen in verschiedenen Stadien der Vollendung, von Auftragsarbeiten bis zu Werken, die nur zum persönlichen Vergnügen und fast zufällig entstanden sind. Conceptions II ist, kurz gesagt, ein flüchtiger, indiskreter Blick in die Küche, bevor man die Ausführung und Fertigstellung des Werkes in Angriff nimmt.

Una de las pretensiones de este segundo libro es reunir lápices con un mismo concepto, para comparar las diferencias que se aprecian en los rostros años más tarde.

Um dos objectivos deste segundo livro é reunir desenhos a lápis com um mesmo conceito para comparar as diferenças surgidas anos mais tarde.

Une des ambitions de ce second livre est de réunir des crayonnés autour de mêmes concepts pour étudier les différences apparaissant au cours des années.

Dieser zweite Band strebt unter anderem danach, Zeichnungen mit dem gleichen Thema zu versammeln, um die Unterschiede zu vergleichen, die Jahre später auftauchen.

Podríamos titular las páginas anteriores "El viento que trae historias encantadas". Con el tiempo, los dibujos sin pretensión de ser publicados aparecen más a menudo.

Podiamos intitular as páginas anteriores "O vento que traz histórias encantadas". Com o tempo, os desenhos sem pretensão de ser publicados aparecem com maior frequência.

Nous pourrions intituler les pages précédentes "Le vent qui amène des histoires enchantées". Avec le temps, des dessins n'ayant pas la prétention d'être publiés apparaissent plus souvent.

Wir könnten die vorangegangenen Seiten „Der Wind, der die Zaubergeschichten mit sich bringt" nennen. Mit der Zeit kommen die Zeichnungen, die nicht zur Veröffentlichung bestimmt waren, immer öfter zum Vorschein.

Se trata de separar el grano de la paja y encontrar los dibujos, perdidos entre la maraña de líneas dudosas.

É necessário separar o trigo do joio e encontrar os desenhos, perdidos no emaranhado de linhas duvidosas.

Il s'agit de séparer le grain de l'ivraie et trouver les dessins, perdus dans l'enchevêtrement de lignes douteuses.

Es geht darum, die Spreu vom Weizen zu trennen und die Zeichnungen zu finden, die im Durcheinander der zweifelhaften Linien verloren sind.

Estas páginas pretenden recoger apuntes de aventuras lejanas; sumergirse en épocas de magia y antiguos guerreros.

Estas páginas pretendem recolher fragmentos de aventuras distantes; submergir em épocas de magia e guerreiros antigos.

Ces pages ont pour ambition de recueillir des moments d'aventures éloignées; submergées en des époques de magie et de guerriers d'époques anciennes.

Diese Seiten streben danach, Aufzeichnungen über ferne Abenteuer zu sammeln und einzutauchen in Epochen der Magie und antiker Krieger.

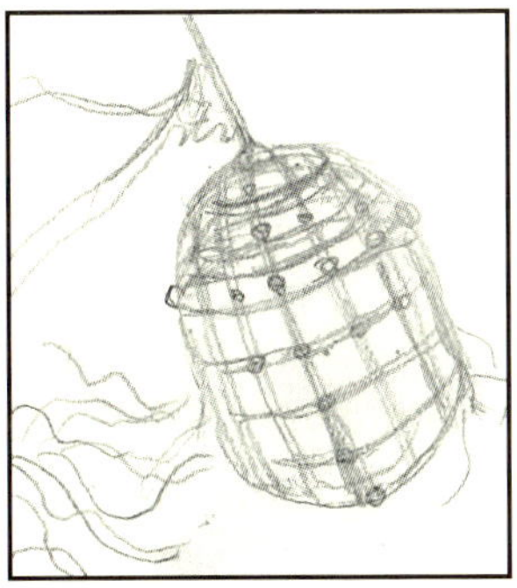
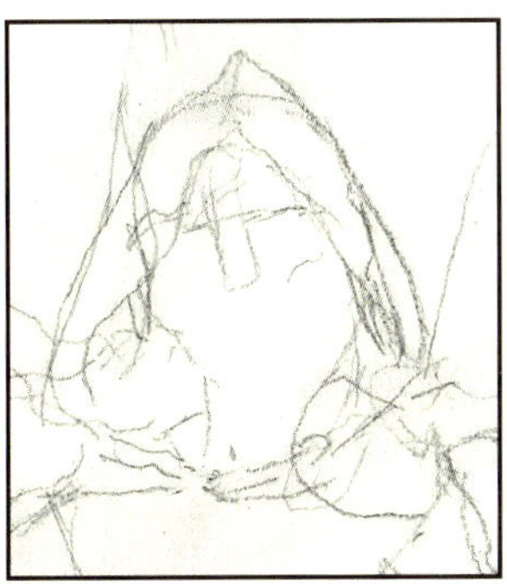

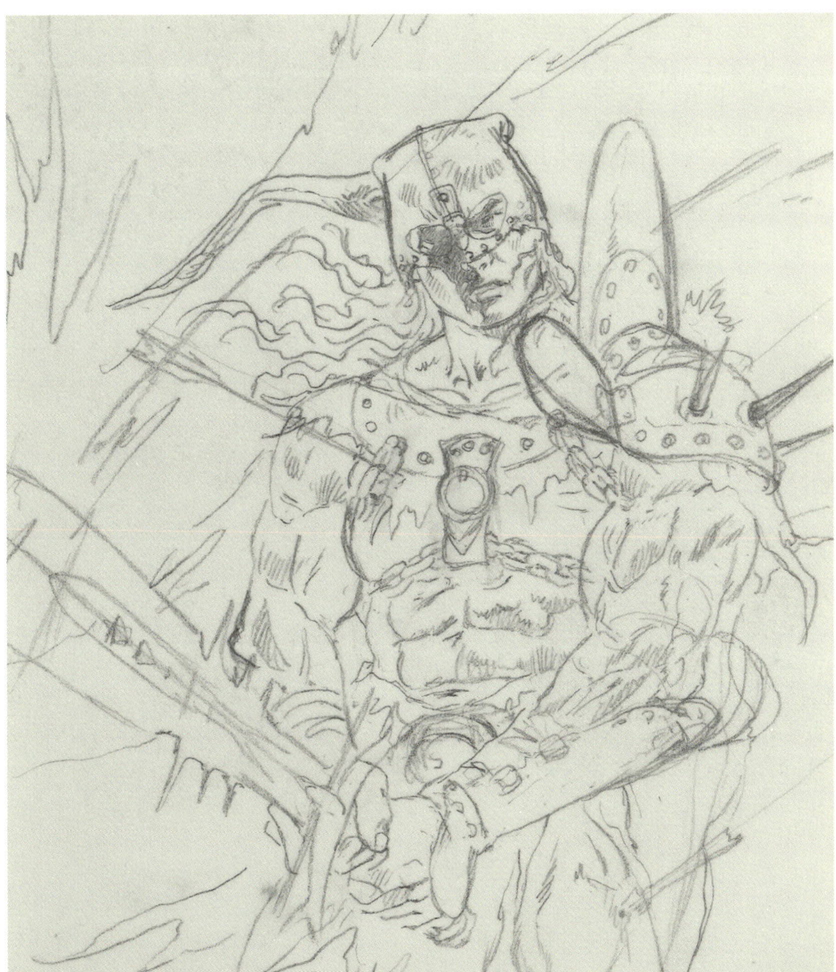

Royo

El sexo como elemento de unión y la mano dejándose llevar, mientras baila canciones de deseo.

O sexo como elemento unificador, e a mão deixando-se levar, dançando ao som de canções de desejo.

Le sexe en tant que trait d'union et la main se laissant aller, pendant une danse de désir.

Sex als Verbindungsglied, die Hand lässt sich mitreißen, während sie zu Liedern des Begehrens tanzt.

Dibujos realizados cuando se derrama sobre la mesa de dibujo un líquido dulzón y perverso sin ninguna explicación comprensible. Es una limpieza mental antes de emprender otra tarea.

Desenhos realizados quando sobre a mesa de desenho se derrama um líquido adocicado e perverso, sem qualquer explicação compreensível. Trata-se de uma limpeza mental antes de se iniciar outra tarefa.

Dessins réalisés pendant que se répandait sur la table à dessin un liquide doux et pervers sans aucune explication compréhensible. C'est un nettoyage mental avant d'entreprendre une autre oeuvre.

Zeichnungen, die angefertigt wurden, während sich über das Zeichentisch eine süßliche und perverse Flüssigkeit ergoss, ohne verständliche Erklärung. Es ist eine mentale Reinigung, bevor man eine neue Aufgabe in Angriff nimmt.

Los rostros reflejan una edad menor,
contrariamente a lo que le sucede al autor.
Los contornos se vuelven más dulces,
y hasta los pinceles, lápices y pigmentos
están dispuestos a entrar
en batalla en formación clara,
y no desordenadamente como antaño.

Os rostos reflectem uma idade menor, contrariamente ao que sucede com o autor. Os contornos tornam-se mais doces, e até os pincéis, lápis e tintas estão prontos a entrar em acção de forma clara e não desordenada como antigamente.

Les visages reflètent une époque
mineure, contrairement à ce qui arrive
à l'auteur. Les contours s'adoucissent,
et même les pinceaux, les crayons
et les pigments sont prêts à livrer bataille
en ordre rangé et non en désordre
comme jadis.

Die Gesichter spiegeln ein jüngeres Alter wider, im Gegensatz zu dem, was mit dem Autor passiert. Die Konturen werden weicher, und selbst die Pinsel, Zeichenstifte und Pigmente sind bereit, in die Schlacht zu ziehen, in geraden Reihen, und nicht ungeordnet, wie einst.

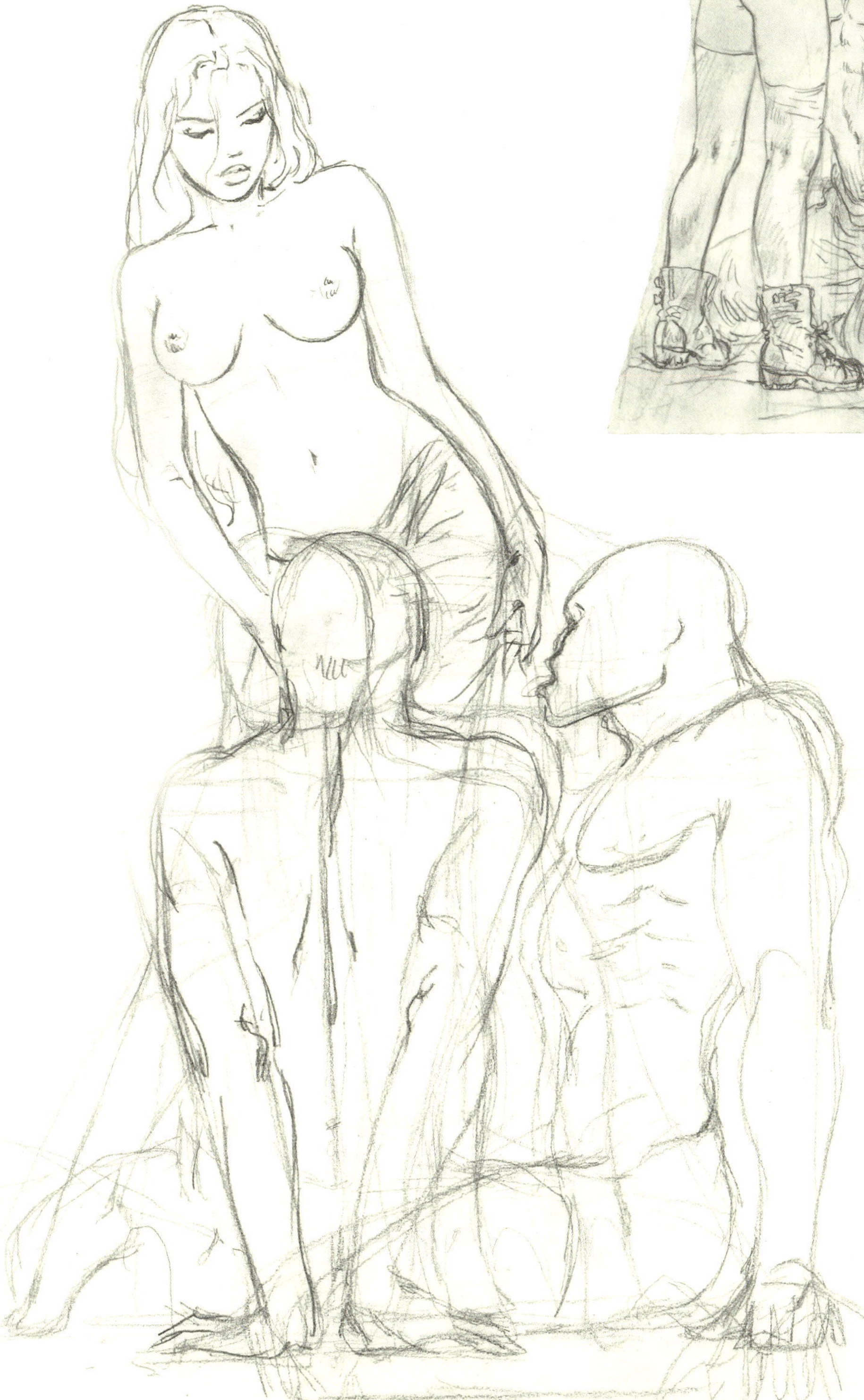

El camino de los deseos nos lleva siempre a una puerta infinita. Qué momentos tan gratos cuando vas convirtiendo un trozo de papel en esa quimera que anda por ahí dentro rondando.

O caminho do desejo leva-nos sempre a uma porta infinita. Que momentos tão gratos quando um bocado de papel se vai convertendo na quimera que por ali anda rondando.

Le chemin des désirs nous amène toujours vers une porte infinie. Quels moments forts quand un bout de papier se convertit en une chimère qui flâne à droite à gauche.

Der Weg der Verlangen führt uns immer zu einer endlosen Tür. Welch angenehme Momente, in denen du ein Stück Papier in das Hirngespinst verwandelst, das dort drinnen umherstreift.

La contraposición del cuerpo femenino con la arrogancia y la acción ofrece una figura autodeterminante y poderosa.

Contraposição do corpo feminino com a arrogância, e a acção oferece uma figura autodeterminada e poderosa.

La confrontation entre le corps féminin et l'arrogance. L'action offre une illustration de l'autodétermination et de la puissance.

Aus der Gegenüberstellung des weiblichen Körpers mit der Arroganz und der Aktion entsteht eine selbstbestimmte und mächtige Figur.

45610

Hay trabajos que, después de los primeros lápices, pasan ya a la ilustración definitiva y, aun así, nunca llegan a realizarse, por varios motivos, como el dibujo de la derecha.

Há trabalhos que, depois dos primeiros esboços a lápis, tornam-se logo a ilustração definitiva e, mesmo assim, nunca se chegam a realizar, por diversos motivos, como é o caso do desenho da direita.

Il y a des travaux qui, après les premiers crayonnés, deviennent une illustration définitive et, malgré cela, qui jamais n'aboutissent, pour diverses raisons, comme le dessin de droite.

Es gibt Arbeiten, die bereits nach den ersten Entwürfen in eine endgültige Illustration übergehen, und dennoch werden sie nie verwirklicht, aus verschiedenen Gründen, wie die Zeichnung auf der rechten Seite.

La ciencia ficción tiene muchas puertas para abrir. En general, las temáticas huyen de la cotidianidad y van a unos mundos donde el lápiz se recrea fuera de líneas demasiado controladas por lo real.

A Ficção Científica tem muitas portas para abrir. Em geral, as temáticas fogem do quotidiano e dirigem-se a mundos onde o lápis se recreia fora das linhas demasiado controladas pelo real.

La Science Fiction a encore de nombreuses portes à ouvrir. En général, les thèmes qui lui sont chers fuient la réalité et se dirigent vers des mondes où le crayonné se recrée hors des lignes en prise avec le réel.

Die Science Fiction hat viele Türen zu öffnen. Im Allgemeinen flieht die Thematik vor der Alltäglichkeit und reicht oft bis zu Welten, in denen der Zeichenstift sich außerhalb der von der Realität zu stark kontrollierten Linien zerstreut.

El fondo como elemento
de reclamo. Las figuras
se quedan en el cruce
de los dos ojos, el de
la claraboya de la nave
y el del propio espectador.

O fundo como elemento
de atracção. As figuras ficam
no cruzamento dos dois olhos;
o da escotilha da nave e o
do própio espectador.

Le fond en tant qu'appât.
Les personnages restent à
la croisée de la vision, celle
qui a lieu à travers le hublot
du navire et à travers l'œil
du spectateur lui-même.

Der Hintergrund als Lockvogel.
Die Figuren verweilen im
Schnittpunkt der zwei Augen,
das Bullauge des Schiffes und
das Auge des Betrachters selbst.

Otro puerto que atrae
al lápiz es la serenidad,
rebuscar en el misterio,
reflejar el momento
antes de...

Outro porto que atrai o lápis
é a serenidade, o rebuscar
no mistério, o reflectir
o momento antes de...

Un autre havre qui attire
le crayon est celui de
la sérénité, celui de
la recherche du mystère,
celui qui reflète le moment
avant que...

Ein weiterer Hafen, der den
Zeichenstift anzieht, ist die
Gelassenheit. Das Geheimnis
durchsuchen, den Moment
widerspiegeln, vor dem...

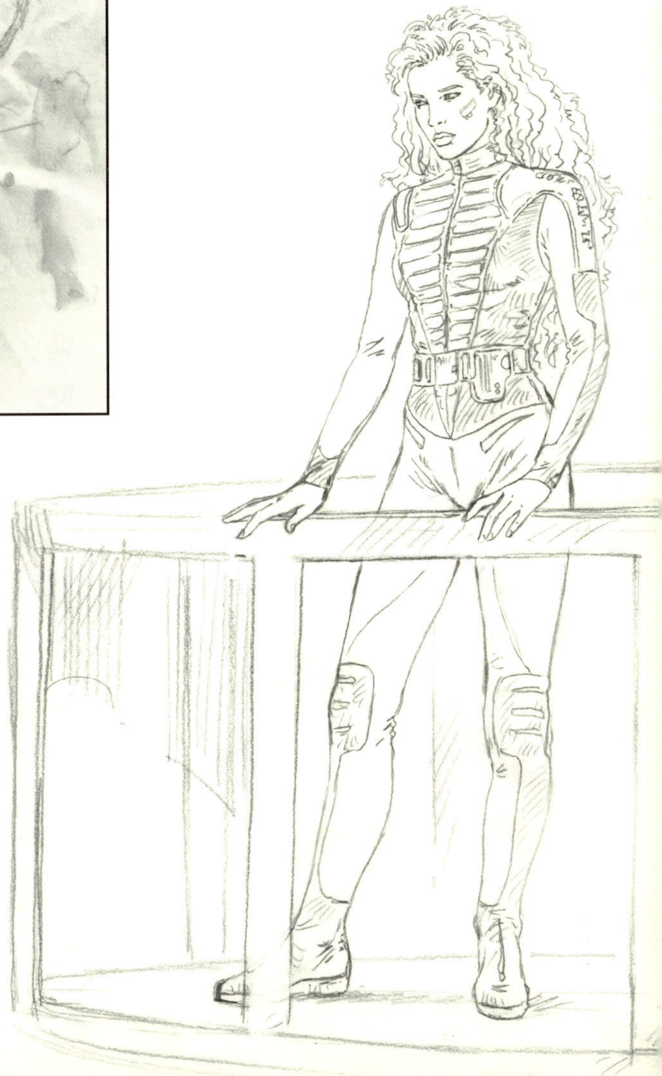

El movimiento permite jugar con las perspectivas y desdramatizar la imagen. Eso sirve con personajes propios y con otros ya creados.

O movimento permite jogar com as perspectivas e desdramatizar a imagem. Isso é possível fazer com personagens própios e com outros já criados.

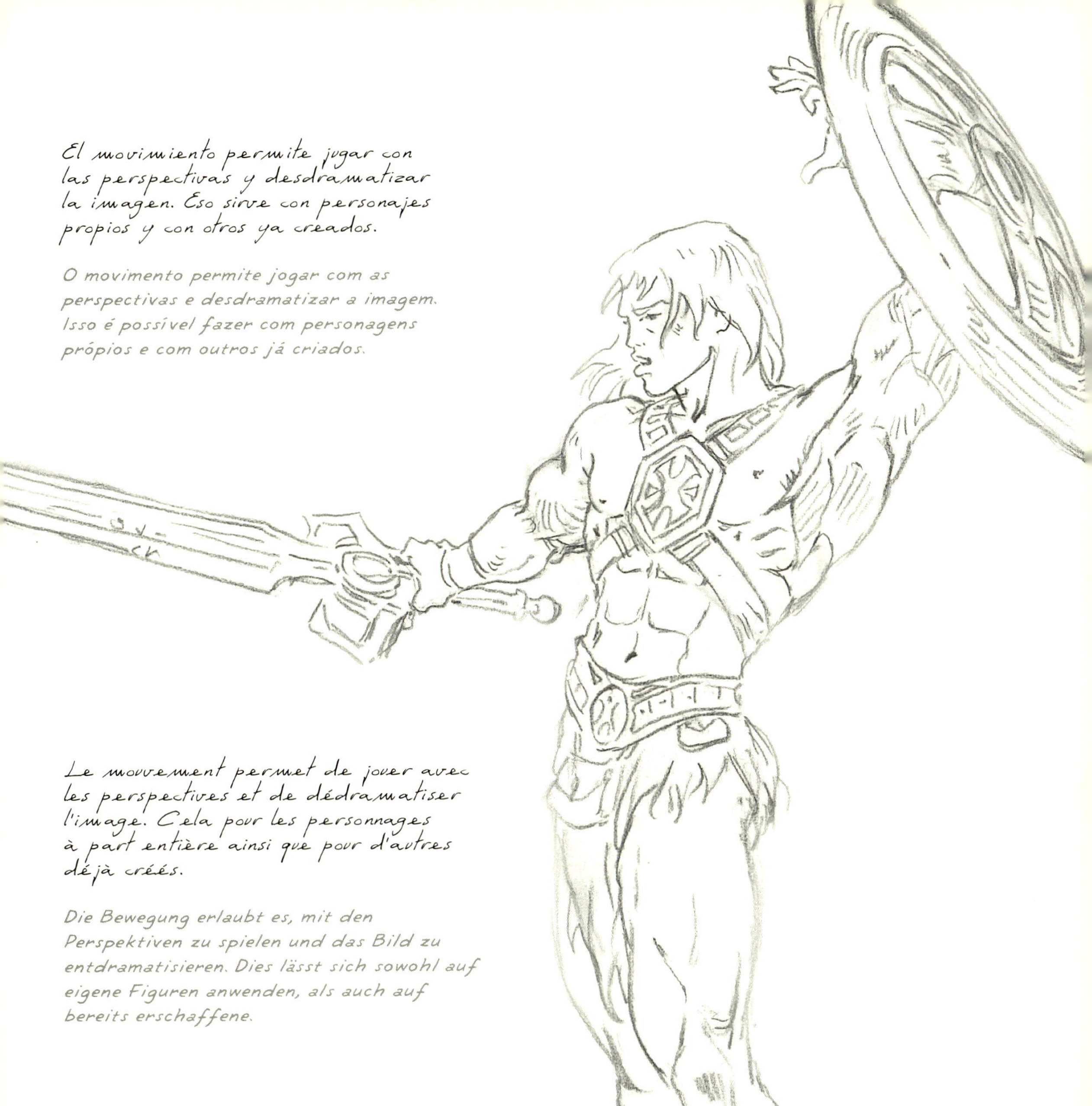

Le mouvement permet de jouer avec les perspectives et de dédramatiser l'image. Cela pour les personnages à part entière ainsi que pour d'autres déjà créés.

Die Bewegung erlaubt es, mit den Perspektiven zu spielen und das Bild zu entdramatisieren. Dies lässt sich sowohl auf eigene Figuren anwenden, als auch auf bereits erschaffene.

Los lápices reflejan la tensión de la batalla y a la vez se atienen a las medidas de la reproducción final. Hay que resituar el dibujo y encontrar primeros planos para que las figuras importantes no se pierdan entre la confusión.

Esboços reflectem a tensão da batalha e, ao mesmo tempo, procuram adaptar-se ao propósito final. Há que resituar o desenho e encontrar primeiros planos para que as figuras importantes não se percam na confusão.

Des crayons reflètent la tension de la bataille et en même temps s'en tenant aux moyens de la reproduction finale. Il faut resituer le dessin et trouver les premiers plans pour que les personnages importants ne se perdent pas dans la confusion.

Die Zeichnungen spiegeln die Anspannung der Schlacht wider, während sie sich an die Maße des endgültigen Abdrucks halten. Die Komposition der Zeichnung muss geändert werden, damit die wichtigen Figuren im Vordergrund erscheinen und sich nicht im Durcheinander verlieren.

Aquí el primer plano es un puño cerrado, y después hay que hacer que toda la escena vaya apareciendo, paso a paso, fugando en el horizonte.

Aqui, o primeiro plano é um punho cerrado. Depois, é preciso fazer de maneira que toda a cena vá aparecendo, passo a passo, desvanecendo-se no horizonte.

On voit ici au premier plan un poing fermé, par la suite, il faut faire en sorte que la scène entière apparaisse, petit à petit, en fuyant à l'horizon.

Hier sieht man im Vordergrund eine geschlossene Faust, und daraufhin muss man die gesamte Szene erscheinen lassen, Schritt für Schritt, in den Horizont fliehend.

No siempre es necesaria la grandiosidad de la batalla para reflejar tensión o brutalidad. Se puede hacer con un simple beso de pólvora y deseo.

Nem sempre é necessária a grandiosidade da batalha para reflectir tensão ou brutalidade. Pode-se consegui-lo com um simples beijo ardente de desejo.

La grandiloquence d'une bataille n'est pas obligatoirement nécessaire pour refléter la tension ou la brutalité. Il ne suffit parfois que d'un baiser fait de poudre et de désir.

Die Großartigkeit der Schlacht ist nicht immer notwendig, um Anspannung und Brutalität widerzuspiegeln. Dies gelingt auch mit einem einfachen Kuss voll Schießpulver und Begehren.

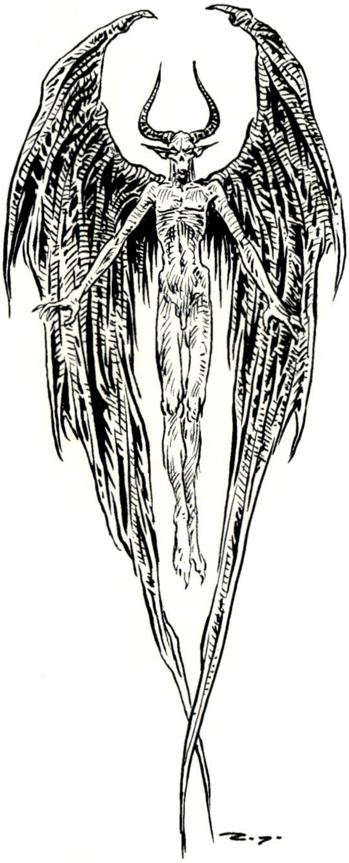

Creo que esta selección ha recorrido casi todos
los temas y géneros que he publicado
en otros libros y cumple la función de complemento
del resto de los trabajos a color.

Creio que esta selecção percorreu quase todos os temas
e géneros que publiquei noutros livros e cumpre a função
de complemento do resto dos trabalhos a cores.

Je pense que cette sélection comprise dans ce livre a
parcouru presque tous les thèmes et les genres et
complète à souhait le reste des travaux en couleur.

Ich glaube, dass diese Auswahl nahezu alle
Themen und Genres, die ich in anderen Bänden
veröffentliche habe, durchläuft und
die restlichen Arbeiten in Farbe ergänzt.

BIBLIOGRAFÍA / BIBLIOGRAFIA
BIBLIOGRAPHIE / BIBLIOGRAFIE

Libros de ilustración / Livros de ilustração
Livres d'illustration / Bildbände

WOMEN
MALEFIC
SECRETS
III MILLENNIUM
DREAMS
EVOLUTION
PROHIBITED BOOK I
PROHIBITED BOOK II
PROHIBITED BOOK III
CONCEPTIONS I
VISIONS

Colecciones de Trading Cards
Colecções de Trading Cards
Collections de Trading Cards
Trading-Cards-Kollektionen

FROM FANTASY TO REALITY
FORBIDDEN UNIVERSE
THE BEST OF ROYO
SECRETS
MILLENNIUM

Portafolios / Portfolios

WARM WINDS
III MILLENNIUM
TATTOOS
PROHIBITED SEX

Otros / Outros / Autres / Andere

THE BLACK TAROT
STRIPTEASE POSTCARDS
POSTERS

LUIS ROYO

II

CONCEPTIONS